문학과지성 시인선 551

다른 시간,
다른 배열

이성미 시집

문학과지성사

문학과지성사에서 펴낸 이성미의 시집

너무 오래 머물렀을 때(2005)

칠 일이 지나고 오늘(2013)

문학과지성 시인선 551

다른 시간, 다른 배열

초판 1쇄 발행 2020년 12월 17일

초판 4쇄 발행 2024년 1월 15일

지 은 이 이성미

펴 낸 이 이광호

주   간 이근혜

편   집 조은혜 최지인 이민희 박선우 방원경

펴 낸 곳 ㈜문학과지성사

등록번호 제1993-000098호

주   소 04034 서울 마포구 잔다리로7길 18(서교동 377-20)

전   화 02)338-7224

팩   스 02)323-4180(편집) 02)338-7221(영업)

전자우편 moonji@moonji.com

홈페이지 www.moonji.com

ⓒ 이성미, 2020. Printed in Seoul, Korea

ISBN 978-89-320-3803-2 03810

이 책은 서울문화재단 '2017년 창작집 발간 지원사업'의 지원을 받아 발간되었습니다.

문학과지성 시인선 551

다른 시간, 다른 배열

이성미

시인의 말

그러니 아무도 묻지 않는 일에 대해 적어보겠다.
다른 시간과
다른 배열이 시작되기를 오늘도 기다린다.

2020년 12월
이성미

다른 시간, 다른 배열

차례

시인의 말

III 돌고래라니

IV #문단_내_성폭력

사과에 대해 쓰기

9월의 첫날이 오면 과일에 대해 글을 써야지.

맛있고 빨간 사과는 백설공주를 위해 남겨두고. 계모가 손대기 전의 사과에 대해.

사과가 익기 전에. 과즙이 흘러나오기 전에. 하얀 이빨이 사과에 박히기 전에. 사과에 대한 글을 끝내야지.

모든 사과 말고. 천천히 익어가는 느린 사과에 대해. 익기 전에 떨어져 뒹구는 사과에 대해.

더 맛있어지고 더 커지는 사과 말고. 높고 단일한 사과 말고. 가을의 기울어진 햇빛 아래에서.

사과가 되려 했지만. 사과가 되지 못한 사과의 경우에 대해 쓰고. 제목을 사과라고 붙여야지.

사과나무의 가느다란 가지에 대해 써야지. 나무를 받치는 파이프도. 파이프 옆 사과향기에 대해서도. 너무 많은 사과를 매달고 있는 나무가 쓰러지기 전에.

모자를 쓴 사람들이 노래를 부르며 오기 전에. 노래에
맞춰, 장갑 낀 손을 일제히 들어 올리기 전에.

사과에 대한 글을 쓰다가 그만두어야지. 사과가 사과가
아닌 것이 되기 전에. 쓰다가 거기서 멈춰야지.

I
내일은 우체국에 가야지

터널과 터널

가을로 들어가서 겨울로 나왔어. 길고 긴 기차처럼.

터널은 달리지 않는 기차인 것처럼. 있었지. 서 있는 기차에서 나는 달렸어. 기차처럼.

풍경을 뒤로 밀었지. 달리는 것처럼. 의자를 타고 달렸어. 잠깐이라도 생각을 하면 안 돼요.

이 어둠에 끝이 있을까. 라는 문장 같은 것. 그런 순서로 불안을 배열하면 안 됩니다. 기차는 기차니까 길고. 나는 그전에

늦가을 비를 맞았다. 어쩌면 겨울비. 옷은 늦가을 비에 젖어 축축했고 무거웠고.

겨울비 내리던 날이라는 노랫말이 있었지. 가을비가 아니라 이건 겨울비. 그렇게 생각하면 겨울비 노래가 입에서 흘러나온다.

신발 밑창에 달라붙는, 비에 젖은 단풍잎. 쩍, 쩍, 발밑을 따라다니는 붉은 단풍잎. 나는 쭉, 쭉, 미끄러지며.

터널을 향해 걸었지. 늦가을 비거나 초겨울 비를 맞으며. 긴 다리와 긴 팔로. 물속을 헤엄치는 거미처럼 걸었지.

걸으며 들어갔지. 터널에서 터널로. 가을에서 겨울로. 그렇다니까. 가을터널로 들어가 겨울터널로 나왔어. 터널을 빠져나오니

설국이었다는 말이니? 그랬는데. 투명한 물이 얼어붙어서. 불투명한 흰 눈이 되었다고 물리학자도 화학자도 생각하지 않았지. 나는

어디로 나온 거지? 여기는 더 추운데. 더 날카로운데.

더 아름답구나. 그건 이상하지만.

그런 힘이 있어서. 아름답고 알 수 없는 눈 속으로 뛰

어들었다.

우체국에 가려면

오늘도 우체국에 가지 않았다.

하루는 눈이 내렸고 하루는 아팠다. 하루는 늦잠에서 깨어 우체국이 너무 멀다는 생각을 했다.

우체국 대신 철물점에 가서 파이프를 샀다. 하루에 하나씩. 하루는 파이프로 피리를 불었고 하루는 파이프를 이어 긴 피리를 만들었다. 하루는 이러다가 파이프로 오르간을 만들 수 있겠다고 생각했다.

봉투에 적는 주소가 하루마다 길어졌다. 한 글자 더/ 한 줄 더/번호가 더/주소가 길어져서 봉투를 더 주문했다.

내가 있는 곳에서 터널을 통과하고 내리막길을 내려가 우체국까지, 투명한 길을 그었다. 어제 우체국이 있던 자리에

오늘 우체국이 있어야 하는데 그곳에는 우체국이 없다. 또 하루가 지났기 때문에 우체국은 내게서 더 먼 쪽

으로. 하루만큼 더 먼 쪽으로. 내가 하루에 걷는 길의 길이만큼 더.

　우체국은 멀어졌다. 또 파이프를 사게 되었다. 이렇게 길고 기이한 피리를 불어도 될까. 부르튼 입술로 피리를 불어도 될까. 바람이 파이프 속으로 들어가 긴 바람이 되어 나올 수 있을까. 피노키오의 코는 부러지지 않던데.

　검은 말들을 오늘 밤 책에 뿌렸다. 책 위로/봉투 위로/검은 글자들 위로/밤이 내려앉았다.

　내일은 우체국에 가야지.

　밤늦게 눈이 내렸다. 길 위로/들판 위로/지붕 위로/눈이 하얗게 내려서. 검은 밤을 덮으며 눈이 하얗게 내려서. 길은 사라지고. 사라진 길은 있고 우체국은 새하얘졌다. 내일은 우체국에 가야지. 좀더 멀리.

직육면체

7월 24일에 노트를 펴고 9월 24일이라고 적었다. 7월은 시를 쓰기 좋은 때는 아니지. 잠깐 생각했고 두 달이 지난 건 아니었지만. 손이 연필을 움직이는 동안, 9월이라고 적힌 흑연 글씨를 알아보고 눈을 깜박이기까지. 7월 24일이 아니면서 9월 24일이 아닌 그 순간

그 순간, 나는 물고기 식당의 9월 이사에 대해 생각했다. 9월의 물고기 식당에는 물고기가 없고 요리사가 없고 직육면체가 있겠지. 여섯 개의 면이 사라진, 물고기 식당이었던 직육면체. 회오리바람에 공중으로 떠오르는 투명한 직육면체. 그것과 함께 멀어져가는

7월의 물고기 식당에 가서 밥을 먹었지. 맵고 짜서 기침이 났지. 밤에 요리사는 물고기를 잡으러 강으로 갔다. 그를 따라갔다. 검은 물이 돌돌돌 흐르며 달빛에 반짝였지. 작은 물고기가 투명한 줄 끝에서 파닥파닥 반짝였지.

9월의 요리사는 상자에 돌과 식물을 담아 내게 주었다. 돌은 초록빛 이빨을 드러내고 침묵했다. 트럭의 짐짝

틈에서 그는 해바라기처럼 고개를 쳐들었다. 나는 아스
파라거스 상자를 내려다보며 다른 직육면체를 생각했다.

　이사를 가서 사라진 사람들을 점점 자주 본다. 나는
7월에 있고, 9월의 물고기 식당과 가까워진다.

동쪽과 서쪽

동쪽으로 이사하고 나서 봄은 서쪽에서 왔다. 비구름도 서쪽에서. 친구들도 서쪽에서.

동쪽에서 나는 기다렸다. 서쪽에서 터진 목련꽃의 향기. 서쪽에서 오는 비와 태풍.

서쪽 친구가 내게 비와 꽃과 바람의 소식을 전해주면, 비와 꽃과 바람이 도착했다. 비바람은 꽃보다 빨랐다. 나는 하던 일을 멈추고 두 손을 무릎에 올려놓고 비바람을 기다렸다.

두 시간 전에 서쪽 친구의 이마에 물방울을 떨구었던 먹구름.
두 시간 후에 나의 이마에 떨어진 빗방울.

두 시간이라는 종이가
친친히
반으로 접힐 때.

빗소리가 들렸다.

들린 것 같았다.

가을은 동쪽에서 서쪽으로 갔다. 겨울도 친구들이 있는 서쪽으로.

나는 친구들에게 시든 잎을 예고했다. 아름다운 색으로 몰락할 거야. 겨울 여왕의 차가운 입김을 보냈다. 코트의 단추를 꼭 잠그길.

눈은 서쪽에서 동쪽으로 왔다. 친구들이 말했다. 눈이 온다! 그래, 눈이 오겠구나. 나는 친구들의 말을 믿었다. 입을 벌린 채, 눈이 내 혓바닥 위에 떨어지길 기다렸다.

차가웠다. 차가운 것 같았다.

접힌 하루

하루가 접혀 있었다. 금요일에서 일요일로 걸었던 것이다. 토요일은 접힌 종이 속에 있었다.

땅 밑에 녹색 어둠이. 어둡고 기름진 흙에서 검은 식물들이 자랐다. 종이 사이에. 하루가 있었다.

금요일 아침은 책상 위에 놓여 있었다. 나는 금요일 아침을 책상 위에 둔 채 책상 앞을 떠났다. 걸었다. 딴생각을 했을 것이고, 딴 곳을 걸었을 것이다.

일요일 오후의 희미한 공기들이 나를 둘러쌌다. 나무에는 일요일 오후의 잎들이. 잎들에는 일요일 오후의 햇빛이. 일요일 오후의 바람이 잎들을 흔들었다. 일요일의 뿌연 빛 속에서 내일의 조그만 전구들이 흔들리는 걸 보면서.

나는 일요일 오후를 통과하고. 일요일 오후의 속도로.

앞으로 걸었다. 딱딱해지는 저녁 공기. 저곳은 월요일

의 검은 우산을 파는 곳. 도착하면 우산을 검게 펴야지.

　밤이 되었고. 나는 책상 앞으로 돌아왔다. 월요일이 오기 5분 전이었을 것이다. 책상 위에

　금요일 밤이 놓여 있는 걸 보았다. 접힌 종이가 펴지면서.

　네번째 꽃잎과 여섯번째 꽃잎 사이에 다섯번째 꽃잎이.
　숨었다가 나타나면서.

　일요일 오후의 증거들이 풍선처럼 터져버렸다. 토요일 0시를 알리는 괘종시계가 울렸다.

　토요일이 빠닥빠닥한 파란 깔개를 폈고. 그 위에 토요일의 증거들을 소풍 도시락처럼 하나씩 꺼내놓기 시작했다.

잠깐

빈둥거리는 발목이 필요해. 까딱거리는 발가락이. 경계를 넘어와서. 나를 휘젓는 발목.

발자국을 찍고 나가는 누구 또는 무엇. 그것의 짙은 코발트색 그림자. 발자국 냄새를 맡는 동안 지구는 잠깐 멈추겠지.

고개를 갸우뚱 기울일 각도만큼 공간이 필요해. 아래로 목을 숙이는 곡선도.

잠깐이 필요해. 한 방울의 물이 눈에 고일 만큼의 시간. 나는 좋은 사람이 될지도 몰라 어쩌면. 너는 좋은 사람이었을 거야.

쓸데없이 중얼거리는 이빨들이 필요해. 발음이 틀린 단어들과 부러진 문장들. 부서진 빵의 귀퉁이처럼. 네가 왔다 간 자리에 떨어진. 너의 것인 먼지들과. 너에 관한 먼지들.

줄 맞춰 꽂은 책들의 질서를 흐트러뜨리는. 마룻바닥의 정교한 선을 어지럽히는. 내가 아닌 다른 홀씨들. 내가 아닌 것도 아닌 가루들.

그들에게 말을 걸려면. 잠깐 열어둔 문이 필요해. 열어둔 걸 잊을 시간이. 문이 열린 틈만큼. 좁은 시간이 필요해.

일요일 아침의 창문

일요일 아침이고 집으로 돌아왔다. 일요일은 돌아오기 좋은 날. 일요일은 일주일마다 돌아오지.

집 안에서 보는 밖은 뙤약볕. 그늘 없이 반짝이고 안은 그늘. 건축물은 뜨거워지지 않았지만 일요일이니까 그늘에 머리를 넣고. 낮잠을 잔다. 일요일은 밖에서 흘러간다. 뙤약볕 아래서. 일요일은 창문 크기만큼 네모나고.

창밖을 보는 나는 헐렁하게 웃고. 일요일의 안쪽은 헐렁하니까. 하얀 빈칸이 가득한 새 원고지를 받은 아침처럼. 창밖이 눈부셔서 눈을 감고. 휘파람새가 내 귀가 열리기를 기다리다가 휘파람을 불고.

일요일은 일요일에 돌아오고 나는 일요일 아침에 집으로 돌아온다. 낮잠을 자는 동안

내가 낳지 않은 아이들이 일요일의 네모난 창문을 넘어 들어와서 나의 낮잠 속에. 손가락을 넣고 간지럼을 태우면 나는 창문을 넘어 슬리퍼를 신고 아이스크림을 사

러 갔다가

아이들을 부르며 일요일로 돌아오고.

아이들은 영원히 대답을 하지 않는다. 일요일의 창밖
이 고요해지고. 아이스크림이 다 녹고 나면. 맞아, 그랬
지. 떠올리면 일요일은 낮고 긴 한숨을 쉬면서 떠나고.

뱀이 빠져나온 긴 초록 병의 입구처럼. 새로운 검은 병
의 출구처럼.

일요일은 다시 일요일 아침으로 돌아오지.

정글짐이 있는 곳

젊은 나는 운동장에서 놀았는데. 지금 나는 젊지 않으므로 그곳은 없어졌고.

나는 아직 운동장에 있다.

모두 집으로 돌아간 늦은 오후. 해는 마지막 빛을 길게 쏘고 있고. 땅의 표면에 닿기 전.

혼자 놀이터에서 정글짐을 올라갔다 내려갔다 하는 나를 본다. 애야, 집에 가서 저녁을 먹어야 하지 않겠니?

나는 이해가 안 된다는 표정으로 그의 입을 쳐다본다. 집이라구요? 햇빛이 남아 있어요. 오후가

낮이 아직 지지 않았어요. 왜 서둘러 밤을 맞으러 돌아가나요? 아이는 모르겠지만 아이는 기다리고 있다.

나는 알지만 더 이상 기다리지 않고. 아이는 계속 기다린다. 모르는 채.

밤이 내려온다. 놀이터를 옥상에서 내려다본다. 어둠은 짙은 담요처럼 정글짐 위를 덮었고 아이는 보이지 않는다.

두터운 담요 아래서 잠들었다.

다음 날이 되면 정글짐은 계속 있고. 기다리는 일이 이어진다. 정글짐 철봉을 한 칸 더 올라가서.

다음 날이 되면 할머니와 함께 나온 아이들, 학교가 끝나고 뛰어온 아이들이 놀이터의 공기를 짧게 흔들고 돌아간다.

나는 아직 운동장에 있다. 정글짐도 있다.

개와 늑대의 시간

검게 탄 식빵처럼. 네모나고 딱딱한 저녁이 온다.

뚜벅뚜벅 걸어서 온다는 것이다. 송아지가 눈을 부릅 뜨고 아무도 없는 앞을 보고 있다. 늑대의 후손인 개들은 귀를 높이 세웠다.

붉은 잎과 노란 잎을 줍는 바람의 긴 손가락. 흩어진 잎들을 모으고. 나누고. 풀칠을 하다가. 길게 자란 검은 손톱으로 땅을 긁어대기 시작했다.

밤이 고래처럼 부풀기에는 너무 늦었지. 밤은 꿈속으로 들어갔고. 갓 뽑은 가래떡처럼 김이 오르면서 식어 갔다.

우리는 각자 싸늘한 방에 누워서 어둠이 네모나고 딱 딱하게 굳을 때까지. 벽을 보며 자기 숨소리를 듣고 있다.

뒷면을 너무 많이 보았다. 밤은 평평해졌고 지루해졌 다. 잘 보이지 않아서 한쪽 눈을 감았다.

뚜벅뚜벅 노크 소리가 났다.

저녁의 감자수프

해가 졌다. 감자수프를 만들어 먹었다. 더 미룰 수 없는 시간이 되었다.

연꽃은 큰 잎을 닫고 둥근 방에서 눈을 감았다.

책을 멀리 두었다. 눈에 다래끼가 났다. 컴퓨터를 껐다.

방에는 감자수프 냄새가 떠 있다. 창문을 열지 않았다. 해가 졌고. 검은 공기가 들어오는 건 무섭다. 흰 구름처럼 방에는 감자수프 냄새가.

오늘의 먼지들은 다 치웠다. 나는 먼지로서 도리를 다했다. 해가 졌고 더 미룰 수 없는 시간이 되었다.

방의 어두운 구석으로 갔다. 고요했다.

강아지는 뼈를 베고 잠들었다. 딱딱한 가구처럼 나는 앉아 있다. 창문을 닫아도 찾아오는. 밤의 검은 질감을 느끼며. 검은 물결 속으로 손을 뻗었다.

그런데 이 손으로 무엇을 더 하려는 건가. 까마귀의 발 같은 주름진 두 손으로.

일월의 발

　우리는 준비가 되지 않았고. 각자에게 흰 도화지가 배달되었다. 손에 크레파스를 쥐고 차렷 자세로. 아무것도 그리지 않고 있지만 쉬고 있는 건 아니었다.

　열두 달 동안 깎은 손톱들이 창틀에 쌓여 있다.

　머리 위에서 돌아다니는 발소리가 들렸다. 어디로 가는 것도 아니고 제자리를 맴도는 것도 아닌. 저런 발소리를 내는 발은 하얀색일 거야. 눈이

　내렸다. 눈은 흰 발자국을 찍으며 공중을 달렸다. 산은 흰색이 되었고. 생각했다, 흰 산에는 흰 발이 얼마나 많을지.

　소금이 물에 녹지 않았다. 아무리 저어도 소금은 소금, 물은 물.

　오늘도 투명하고 어제도 투명했다. 투명하고 얇은 것들이 층층이 쌓여서

불투명하고 딱딱하게 된 것을 보았다. 울고 싶었다. 얼음 기둥이 떠올랐지만 얼음과 많이 달랐다.

눈물을 흘렸는지 아닌지 중요하지 않다. 울고 싶었고 그렇게 했다. 불투명하고 딱딱한 기둥 같은 것이 녹기 시작했다. 오래전에

긴 한숨을 쉬었던 기억이 났다. 코트에 붙은 딱딱한 먼지들을 털어내면서 계속 얇고 투명하려고 했다.

투명해지려고 하지 말자. 라고 결심하다가, 투명한 것을 쌓지 말자. 를 떠올렸다. 또 울지 않으려면 어떤 결심을 해야 하는지 사전을 뒤져보아도 소용없다는 걸 알았다. 아무런 결심도 하지 말자고 결심했고

눈이 내렸다. 눈은 흰 도화지 위에서 흩날렸다. 우리가 알지 못하는 사이에, 우리가 보지 않는 곳에서, 눈은 쌓이겠지만 아침에 우리는 눈을 보지 못했다.

아무것도 시작되지 않았으니 아무도 망친 사람이 없었습니다. 눈을 감고

공기 속에 무엇을 만들어내는 사람의 손을, 울퉁불퉁한 손의 윤곽선을 상상했다.

읽는 동안

여름이 지나가는 동안 책을 읽었다. 읽는 동안 귀 옆으로 바람이 지나갔다.

책 아래 무릎과 의자가 있었다. 의자 아래 딱딱한 공기가 있었다. 공기 아래 물이 모여 있었다.

사람들이 뱉은 말이 쏟아진 검은 잉크처럼. 물에 검정을 더했다.

읽는 동안 매일 오이가 열렸다. 입안에 오늘의 오이를 넣고, 아삭아삭 씹었다.

책 아래 무지갯빛 강물이 흘렀다. 넌 왜 어린애가 한숨을 쉬니? 아이는 자라서 한숨 쉬는 어른이 되었다. 이제 한숨 쉬는 노인이 되기로 하자. 쉬운 일이 아니라 한숨이 나왔다.

하늘의 파란색이 짙어졌다. 잘못 날아온 새가 유리창에 부딪히는 소리가 들렸다.

어두워진 창밖에 반딧불이가 가까워졌다가 멀어졌다

가. 원을 해체해서 곡선을 만들듯이 움직였다. 읽는 동안 잘못 들어온 반딧불이가 손 옆에 앉았다. 빛을 내지 않는 반딧불이는 처음이야. 예쁘구나. 안녕?

그러자 빛을 반짝 내면서 창으로 날아갔다. 밖으로 나가지 못하고. 창문 아래서 희미해진 전구처럼 엎드려 있다가 죽었다.

꿈속으로 가져갈 책을 골랐다. 희미해진 전구를 들고 가야지.

수용소에 들어간 사람들과 국경을 넘어간 사람들을 따라다녔다. 무덤 앞에서 오이디푸스의 이야기를 들었다.

읽는 동안 물가에 소년이 엎드려 있었다. 읽는 동안 배가 침몰했다. 읽는 동안 친구의 딸이 죽었고 친구의 아버지가 죽었다.

물에 가라앉지 않는 문장을 건져서 귀 옆에 걸었다. 창문 옆에 걸었는지도 모르겠다. 귀 옆으로 바람이 불었다. 질문으로 된 문장이 바람에 흔들렸다.

책 아래로 강물이 흘렀다. 의자와 책이 가만히 떠 있었다. 읽는 동안 여름이 갔고 기온이 내려갔다. 나뭇잎이 물기 없이 파삭거리는 소리를 냈다.

여름이 끝나자 읽은 책을 찢어서 강물에 버렸다. 그리고 다시 가을이었다.

오늘

오늘은 비가 온다. 오늘은 시를 쓴다. 내일은 비가 오지 않는다. 내일은 시를 쓰지 않는다.

오늘 나는 시 안에 들어가 있다. 그동안 나는 시 밖에 없다. 시밖에 없는 사람은 시 안으로 들어가 나오지 않았지. 나는 잠깐. 시 밖에 없다가 시 밖으로 나오기로 한다.

오늘이 나를 따라 책상을 들고 시 안으로 들어온다. 책상 위에는 종이가 있고, 종이는 쌓인다. 나는 종이와 종이 사이에 앉아서 나를 내버려둔다. 시 안에 오늘들이 쌓인다.

시 안에 있다가 시 밖으로 나왔을 때 해 질 녘이면 좋겠다. 오늘의 오렌지빛이 남아 있어서. 창밖이 검정이 될 때까지. 창 안의 어둠 속에 서서. 오늘의 죽음을 볼 수 있으면 좋겠다.

밤에 시 밖으로 나오면. 오늘이 남아 있어도 보이지 않는다. 유리창에 나의 얼굴이 있지만, 내 얼굴에서 오늘이 보이지 않는다. 창문을 연다. 어둠이 나를 둘러싼다.

바람이 불 것이다. 밤바람은 나를 데려간다. 오늘이 아닌 곳으로. 내일도 아니고 어제도 아닌 곳. 오늘 밖으로.

밤바람에서 다른 냄새가 난다. 오늘 밖으로 나가려는 발길질들이 밤으로 모여든다.

내일은 비가 오지 않는다. 내일은 오지 않는다. 내일은 나뭇가지를 자른다. 나무는 아무도 손대지 않아 무성해진다.

저녁으로 가야겠다

보랏빛 포도를 먹다가 나는 저녁으로 가야겠다. 그게 좋겠다. 낮은 덥고 빛이 너무 많아서 시끄러워. 작은 소리들이 들리지 않고 어두운 동그라미도 없지.

보랏빛 포도 알을 입에 물고 나는 저녁으로 가야겠다. 날갯짓을 하자. 펄럭펄럭 공기 가르는 소리가 들렸고. 저녁이 보이지 않아서. 나는 계속 펄럭펄럭. 바람도 만났는데. 머리칼도 흩날렸는데. 저녁에 닿지 않았고.

아, 참, 나는 날개가 없지. 그렇게 내일로 떨어졌다. 깃털이 나보다 천천히 바닥에 닿았다.

햐얀 깃털은 햇빛 속으로 들어가버렸고. 나는 빛나고 시끄러운 낮을 향해 내일을 반복하게 되었다.

나는 왜 날개를 떠올렸을까. 저녁으로 가려고 했는데.

저녁에는 큰 날개를 가진 새가 날고 있겠지. 새가 큰 전나무에 앉으면 가지가 출렁, 흔들리는 소리가 천둥처럼 울릴 거야.

내가 가지 못한 저녁은 구름처럼 지구를 떠돌다 사라졌을까. 땅속에 묻혔을까. 침묵으로 스며들었을까. 책 속으로 글자가 되어 들어갔을까.

내가 가려고 했던 저녁. 그곳에서 돌멩이는 웃음이 터질 때까지 동그랗게 몸을 말았을 텐데. 흰 새는 나무 꼭대기에서 흰 꽃이 될 때까지 웅크렸을 텐데.

낮의 한가운데에 앉아서. 나는 햇빛에게 야단을 맞으며. 나는 보랏빛 포도 껍질과 씨를 뱉고 나서. 내일로 가지 않고 저녁으로 가야겠다.

II

형식을 내놔

형식

형식을 내놔.

내놓지 않으면 구워서 먹으리. 거북이는 어려서부터 늙어 있는 것 같구나. 오래 생각하고 느리게 움직였다.

이게 다야. 내놓을 형식이 없어서 미안. 나는 형식도 못 만들고 죽을 것 같다.
죽을 수 없을 거야. 죽을 때도 형식이 필요하니까.

그래서 죽은 척했다. 사람들이 검은 옷을 입고 와서 울다 갔다. 그건 형식이 아니었지만.
내 죽음이 가짜라서 숨어 있었다. 기다려요, 진짜 슬프게 해줄 테니.

진짜로 죽기 위해 형식을 생각한다. 손에 희고 가벼운 봉투를 들고. 생각하다 말다, 다시 생각하기로 한다.

문장과 문장 사이가 더 벌어졌다. 여기서 체조를 해야겠구나. 팔을 뻗고 다리를 움츠리면서 다음에 올 문장을

기다렸다. 넓어진 그곳으로

바람이 불었다. 커튼이 흔들렸다. 바람은 오로지 형식이구나. 붉은 잎이 떨어졌다. 커피콩이 향기가 되었다.

바람은 커튼. 바람은 붉은 잎. 바람은 커피……

옆에서 걷던 사람이 갑자기 말을 걸었다. 너 안 죽었어?
다행이다. 내가 죽어야 하거든. 형식을 돌려줘. 주지 않으면 구워서 먹으리.

나는 손에 희고 가벼운 봉투를 들고 다녔지. 어느 날 그것은 빈 봉투 같았고 그래서 버렸지.

미안해야 하지만 화가 났다. 절망해야 하지만 화가 났다. 우리에겐 형식이 없으니까.

문장과 문장 사이가 더 멀어진다. 여기서 산책을 해야

겠구나. 마음은 뭉개지고 마음은 밟히고. 단일해진다. 형식이 없으니까.

나는 봉투가 없는 사람이 되었어. 다음 문장을 써줄 사람을 기다렸다. 내가 쓸 수 없는 것은 아무도 써주지 않았다. 다음 문장을 써야 여기서 나갈 수 있을 것 같구나.

아침에 눈을 뜨면서 형식을 써버렸다. 형식은 첫번째고 마지막이니까. 아침을 겨우 시작하고 나면 여기엔 아무것도 없구나. 오늘도 죽을 수 없겠다.

모더니스트의 발

작품을 덮고 누워 있다가. 작품 속에서 발가락을 꼼지락꼼지락거리다가. 작품 밖으로 조개처럼 발을 내밀었는데.

분홍 발가락 끝에 햇살이 닿았다. 오늘은 공기가 싸늘하구나. 밖으로 나가야겠지, 안을 보려면.

더블린 사람들은 더블린사람들을 싫어했단다. 조이스는 검은 진흙이 묻은 더블린 돌멩이를 주머니에 넣고 더블린 밖으로 나가 천천히 더블린을 돌아다녔다. 작품 속에서. 삐그덕. 절뚝. 발소리를 내면서.

산책을 길게 했단다. 나무에 달린 가을 과일이 된 것 같았다. 과일의 발은 씨일까.

희박한 사람이 되겠어요. 씨를 꿀걱 삼키고 나는 도대체 언제까지 걸어 다니는 씨일까요. 어디서 잎을 틔울까 말까. 어떤 씨앗은 땅에 묻힌 채 입을 다물고 잠들기도 해요.

그래도 쓰다. 펼치지 않아도. 밤은 검게 접혀 있다.

핫케이크 열다섯 장

프라이팬 뒤집개를 들고 핫케이크를 굽는다. 앞치마를 두르고 밀가루를 날리며 한 장 한 장 구워서 쌓고 있다.

왜 이렇게 많이 구워. 사람은 다섯밖에 없는데.

다섯 사람이 있을 때 여섯 공간이 있다. 공간에게도 핫케이크 한 장씩.

그럼 열한 장이면 된다는 계산법은 잘못되었어. 공간이 핫케이크를 얼마나 먹어치울지 아니? 아예 굽지 않으면 모를까, 시작하면 열다섯 장.

핫케이크를 굽는 오늘은 비가 온다. 물방울들로 공간이 빽빽해진다. 팔은 무겁게 공기를 가로지르고 뒤집개는 어렵게 프라이팬에 닿는다. 핫케이크는 느릿느릿 핫케이크가 되려는 중인데.

구우면 굽는 대로 핫케이크를 먹어치우는 소리가 들려. 구워도 구워도 핫케이크는 열다섯 장이 되지 않네. 그

렇게

뒤집개를 내려놓지 못하고 프라이팬에 계속 기름을 두
르고 핫케이크를 구우면서 늙어가는 프라이팬과 나.

왜 이렇게 많이 구워. 묻는 소리가 귓바퀴를 따라 돈
다. 후렴밖에 모르면서. 어디서 온 후렴인지 알지도 못하
면서.

사람이 다섯이라고 목소리가 다섯은 아니라는 듯. 입
에서만 목소리가 나오는 것은 아니라는 듯. 다른 목소리
들이 공간을 울린다. 공간은 물렁하니까 그때마다 달라
지고. 나는 핫케이크 열다섯 장에 도달할 때까지.

의자의 뿔

　내 머리 위에는 의자 두 개가 있어서. 하나가 가벼워
지면

　감기가 오고. 감기에 걸려 의자 하나가 두 개만큼 무거
워지면.

　눈이 펑펑 옵니다. 의자 위에도. 의자의 뿔 위에도.

　흰 눈 속에서 보는 의자는 흰색이고 뿔이 두 개. 달팽
이는 집을 짊어지고 뿔이 두 개.

　의자는 나무로 된 공간이고, 무거운 공간이고, 비어 있
으니까 무거워서.

　의자 하나가 없어지면 나는 기침을 합니다. 조금씩 조
금씩 의자가 생겨나고, 흰색 의자에서 뿔이 자라나서.

　내 머리 위에는 의자라는 공간이 있고, 의자에는 의자
의 뿔이 있고. 뿔은 언제나 두 개.

나는 뿔이 두 개. 의자는 언제나 두 개.

밤

밤에 문을 달았다. 밤 속으로 들어가려면 문을 열어야 하니까. 등으로 문을 밀어 닫고. 밤 속에 머무를 거니까.

밤에 서랍을 달았다. 밤 속에 넣어둘 거니까. 밤 속에서 찬찬히 꺼내 볼 거니까.

밤의 문에 못을 박았다. 삐그덕. 소리도 들었습니다. 손에 잔가시도 박혔습니다. 어젯밤은 거칠거칠했어요.

너를 향해 날아가는 마음에 날개를 잘못 달았다. 부러진 날개는 어디에. 날개가 떨어지는 소리를 너는 듣지 못했니.

사람들이 눈을 흘기며 보기에. 마음에 입을 그렸다. 다문 입을 그리려고 한 건 아니었어요. 벌어진 입에 이빨들이 없었다. 혀의 모양도 그릴 줄 몰랐으니까.

그래서 미소를 지었다. 나의 미소를 보고 아무도 웃지 않았다. 라고 적었다.

적어야 하니까. 종이처럼. 밤의 일부를 찢었다.

파랑

옷장을 열면

파란 바다, 파란 하늘, 인디고블루, 프러시안블루, 해 지기 전의 파랑, 해 진 후의 파랑, 해 뜨기 전의 파랑, 검은 파랑, 두꺼운 파랑, 연한 파랑, 수줍은 파랑, 아 파랑, 오 파랑, 온갖 파랑들이

파란 물결을 넘실거리며 방에 파란빛을 쏟아낸다. 파랑 뒤에는 파랑의 그림자. 검은 파랑 위에는 파란 밤들.

나는 파랑을 좋아하는 사람이 아니다. 나는 흰색과 녹색을 좋아한다.

파랑이 나한테 어울리지 않는다는 걸 어제 알았다. 옷장에는 파랑 옷이 가득하고. 저 파랑들. 오 파랑들.

파랑 옷을 버리려면 파랑이 아닌 옷이 필요하다. 나는 파랑 옷을 증거처럼 입고 옷가게로 간다.

옷걸이에 걸려 있는 파랑. 파랑은 예쁘다. 나는 터키블

루 옷을 산다.

　나는 파랑이 어울리지 않는다. 파랑을 좋아하지 않는
다. 나의 옷장에는 파랑 옷이 가득하다.

분홍

너를 만나면. 주머니에 들어 있던 것. 생각나지.

구겨진 분홍.

습자지처럼 부드럽고

조용히 구겨진다.

분홍이라는 점. 그것이 중요하다.

꺼내면 딱딱한 쓰레기가 되고

꺼내지 않으면 분홍 부드러움.

주머니 속에서 분홍이 피어난다. 사르륵사르륵. 손끝
에 만져지는 소리. 손끝이 분홍이 된다.

꽃이 될 수 있는 분홍.

꺼내지 않으니까 꽃이 되지 않는 분홍.

꺼내지 않으니까 버려지지 않는

꽃이 아닌 분홍.

너와 헤어지면. 잊는다. 주머니에 오래된 분홍이 있다
는 것을.

친구의 친구들

내 집의 옆집에 자기 친구가 산다고, 친구가 말했다. 내 집의 앞집에도 산다고 했다. 우리 동네는 너의 친구들의 동네 같구나. 언제 소개시켜줄게. 한 번도 만나지 못했지만. 친구의 친구들 목록이 리본처럼 길어졌다. 이름들은

언젠가 노크를 해보겠습니다. 다짐하며 지나치는
단풍나무 현관문 같고.
손에 들고 있는
주홍 문장 찍힌 소개장 같고.

어느 날 친구의 친구가 내 집을 찾아왔다. 대파 있어요?
나는 당신 친구의 친구입니다. 당신과 친하다는 그 친구와 친한 친구지요.

이런, 이름들의 목록은
너무 많은 대파 한 단이거나 부추 한 단이거나.

친구는 우리 동네에 살지 않는다. 뉴올리언스 거리에

서 트럼펫을 불고 있다고 들었어요. 나도 들었는데. 아직
도요?

　한 단으로 묶여 있다가 조용히 버려진다는
　대파 한 뿌리가 있고. 또 대파 한 뿌리가 있어서.

　친구의 친구가 늘어가고. 어쩌지, 친구를 근심할 시간
이 없구나.

　어느 날 친구의 다른 친구가 문을 두드렸다. 눈자위가
검은 너구리가 보고 싶어요. 그건 제가 어쩔 수 없지만.
거품 많은 검은 맥주라도 같이 마실래요?

　어제는 우리 동네 지하철 플랫폼에서 친구의 친구를
우연히 만났고. 친구에 대해 얘기했다. 걔는 왜 뉴올리언
스에 간 거야, 대체? 아프리카도 갈 기세이던걸.

　나는 네 친구의 친구. 너는 내 친구의 친구.
　친구가 되지 못한

친구의 친구 둘이 머리를 맞대었지만 알 수 없었다.

친구는 어디쯤 있는가. 뉴올리언스는 어디인가.

부등식

열려 있었습니다. 나도 모르게.

물고기라면. 물에 떨어진 지푸라기라면.
댐의 수문으로 쏟아져 나가는 물살이 있고. 떠밀려 하류로 하류로 하류로. 방향이 있습니다. 흐름은

위에서 아래로. 나는 옆에서 옆으로.

활짝 웃었습니다. 흘렀습니다. 나에게서 너에게로. 무엇이라 부르든지. 마구 흘러갔던 것입니다. 물고기와 지푸라기처럼. 나 → 너

너의 목소리가 커집니다. 너는 사과하지 않습니다. 아마도 나 〈 너

부등식이 된 사정을 몰라서 나는 불편해집니다. 등식이 되면

세상이 정전된 것처럼 침묵에 잠깁니까. 움직임이 정

지합니까. 낯선 바다에 가면. 간다고 등식이 될까요.

부등식을 넘어 등식이 되는 것.

나는 조금 닫았습니다. 조금 있다가 조금 더 닫았습니다. 더 좁게. 등식이 되는 것.

내가 닫고 나자 네가 열었습니다. 무엇이 내게 흘러왔습니다. 불편한 나 > 너

열리고 닫힙니다. 흘러가고 흘러들어옵니다. 등식은 없습니까.

같이 열리는 세계는 우리에게 열리지 않는 것일까.

부등식이 되어야 합니까. 그렇다면. 등식을 넘어서는 부등식은 없습니까.

희미한 부등식으로 너를 조용히 염려하면 안 되겠습니까.

가련해지는 이야기

이야기가 있었다. 우리는 소리 내어 이야기를 읽었다. 나는 주인공 이름을 아이 이름으로 바꿔 읽었다. 페이지를 넘기면, 아이가 주인공 이름을 내 이름으로 바꿔 읽었다. 페이지가 바뀔 때마다 주인공이 달라지는 이야기가 이어졌다.

주인공은 가련하니까. 아이는 가련한 아이가 되었다. 나는 가련해진 아이를 글자와 소리로 어루만졌다.

아이가 읽어주는 이야기 속에서 나는 가련해졌다. 가련한 주인공이 되어 글자와 소리의 보살핌을 받았다.

네 개의 눈동자는 종이에 인쇄된 주인공의 이름을 읽었다. 그래서 조용한 주인공은 종이배를 타고 흰 강물 위를 멀리 흘러갔다.

아이는 내가 모르는 나의 사연과 모험담을 내게 들려주면서 다독였다. 당신은 가련하지만 괜찮아요. 나의 귓속에서 오렌지빛 물이 흘렀다.

엄마가 없으니 가련하구나. 주인공이 아닌 사람에게 이런 말을 하면 안 된다. 진짜 가련해지니까. 하지만 주인 공은 용감하고 시련을 이겨낼 테다. 충분히 가련하고 가 련해질 수 있어

고요해진다. 아이와 나 사이에 보랏빛 강물이 흘렀다. 귀에서 흘러나온 뜨듯한 물이 바다로 흘러들었다. 바다 는 세 가지 색깔의 물이 섞여 출렁였다. 책을 덮고, 다시 첫 장을 열었다.

아이는 왼손으로 나는 오른손으로 책을 잡고 나란히 앉아서, 읽었다. 남은 한 손으로는 서로의 등을 쓰다듬 었다.

끝의 성격

끝이란 말은 마음에 들지 않지만. 끝이 오고 있다고 한다. 밖에 봄이 오고 있단다. 이 봄이 마지막 봄이라면서.

밖에 여름이 오고 있단다. 이 여름이 마지막 여름이라면서.
마지막 십일월은 단정히 접힌 봉투처럼 기다리고 있단다.

끝이 나면. 끝 다음에 뭐가 있을까요.

줄을 당겨본다. 봄의 색깔을. 여름의 넓이를. 끌어당겨본다. 십일월의 부서진 조각이 끌려와. 중간에 줄을 놓아버린다.

끝이 올 때까지 손을 어디에 둘까요. 손의 위치는 끝에 대한 나의 높이. 머리가 뜨겁고.

나는 마지막 질문이 적힌 종이를 길쭉하게 접어서 너에게 준다. 네가 내놓을 틀린 답을 들으려고.

틀린 답은 얼굴들처럼 많고. 과즙이 흐른다.

나의 답은 과일의 중심처럼 비어 있다. 씨가 있어야 하는 자리에 씨가 없고. 작은 공기가 있다.

손안의 둥근 공간을 나는 꼭 쥐고 있다. 둥근 빈자리가 사라질까 봐

손을 펴지 않았다. 손을 펴면 잡아야 하는데. 손을 펴야 할 때가 오고 있고. 그것이 끝의 성격.

끝이 오면 무엇을 잡을 것인가요. 선택할 힘이 없었다지만. 과연 없었나요. 아는 게 없는 나는

발을 내려다본다. 나의 발은 봄과 여름 속으로. 끝을 향해 계속 걸어가겠지. 발은 걷고 있다. 어디로 가는지 모르는 채, 걸어갈 수 있다.

거짓말

그때 너는 없었으니까 너는 거짓말. 몽당연필이 새 연필로 자라나듯. 네가 천천히 네가 되어 나타났을 때.

나는 처음으로. 이렇게 신비한 거짓말도 있구나. 알아차렸고. 매일 중얼거렸는데.

어제는 있었는데 오늘은 없다.

나는 오늘 있지만 내일은 없을 거야. 우리는. 목화솜 같은 거짓말로 이루어졌다. 거짓말의 세계에 등장해서. 이 세계의 동전으로 물통과 설탕을 샀으며.

먼지 뭉치가 되었다. 너는 솜사탕처럼 녹았다. 나의 긴 이빨을 녹이며. 솜사탕의 기억을 간직하기 위해 먼지 뭉치는 오늘부터. 거친 밥을 먹겠다.

나는 투명한 것만 믿는 사람이 되어간다. 너는 햇빛이 비치는 흰 망사 커튼처럼. 투명해진 손가락으로 달콤한 소금을 우리 밥에 뿌리면서. 윙크를 하고 묻는다. 짜요, 달아요?

흰 가루는. 하얀 쌀가루처럼. 하얀 눈가루처럼.

크고 뜨거운 별이 멀리서 내게 도착하면 흰 점이 되는 것처럼. 반짝 말을 걸고 곧 캄캄해지는 것처럼.

흰 가루가 뿌려진 밥을 먹었으니 거친 노래가 남았다. 먼지니까 먼지답게 나는.

끝까지 더러워질 테다. 시커메지고 시커메지다가. 검은 우주 속으로 돌아가 순결한 검은색이 될 때까지. 그때

너였던 흰 돌이 새로 태어나는 은하계의 초대를 받고 날아가다가. 어쩌면 검은색을 지나며 하얀 윙크처럼 한 번 반짝일지도.

나는 검은색이 된 지 오래라 잊었겠지만. 온 힘을 다해

몰락해가는 우주의

　검고 깊은 배경이 되려면. 지금은 불투명한 조각을 내
게 남겨둘 것.

먼지의 도리

자고 일어나면 어제 먼지를 치운 자리에 먼지가 또
있다.

나는 매일 먼지를 물고기 알처럼 낳고 있니?
눈치챌 수 없을 만큼 조금씩 내 몸이 먼지로 변하고 있
니?

어제가 부스러져 먼지가 되었나.
오늘도 먼지로 부스러지겠지. 오늘이 끝나면
오늘의 나도 먼지로 부스러지겠지.

나는 하루만큼 먼지였고.
먼지이다가.
아주 먼지가 되겠지, 너처럼.
죽음 위에도 먼지가 쌓이겠지.
고요 위에도 먼지가 내려앉겠지.

그릇을 닦고 먼지를 버린다. 먼지가 먼지를 치우는 일
은 먼지답고.

먼지답게 하루를 보내는 건 먼지의 도리.

어제의 먼지와 오늘의 먼지를 구별할 수 있다면. 먼지
를 셀 수 있다면.

나는 먼지를 헤어봅니다. 먼지 하나에 어제와, 먼지 둘
에 그저께와, 먼지 셋에 *그끄*저께와, 국민학교 친구 이름
을 붙이며 먼지를 헤어봅니다.*

먼지에 오늘이라고 이름을 붙이고
일부를 내일의 먼지에게 넘겨준다. 먼지의 씨앗을.
먼지의 씨앗은 당연히 먼지이겠고.
이토록 먼지스러운 일을 하는 것 또한 먼지의 도리.

하루가 부스러지는 틈틈이 나는 먼지. 먼지. 되뇌었다.
먼지가 먼지가 아닌 말로 들릴 때까지. 먼지의 색과 냄새
가 사라지고, 먼지와 발음이 같은 무엇이 생겨날 때. 새로
운 먼지에게 물어봐야지.

시간 밖으로 밀려나면 기분이 어때.

* 윤동주의 「별 헤는 밤」 시구를 변용함.

집의 크기

일주일 동안 집에 있었다. 집에만 있었다.

집이 작아졌다. 외벽의 다각형이 안으로 들어왔다. 다음 날 더 안으로. 다음 날 더 작고 더 좁게.

햄릿이 말하기를, 나는 호두 껍데기 안에서도 우주에서처럼 지낼 수 있다네. 그렇구나. 우주겠지. 우주가 응축되고 있었다.

그저께의 집 안으로 어제의 집이 들어갔다. 어제의 집 안으로 오늘의 집이 들어갔다. 오늘의 집은 내일의 집을 향해 줄어드는 중.

일주일이 지났다. 지붕이 내려온 집에서 밖을 보며. 나는 앉아 있었다.

방만큼 집이 작아졌다. 침대만큼 작아졌다. 나는 숨을 쉬었다. 고요히 천장이 내려왔다. 오늘이 너무 작아져서.

집은 관 같구나. 나는

　기지개를 켰다. 관 뚜껑을 들어 올렸다. 나는 멈추지
않았으므로. 아직 밖이 보이는구나. 밖에는

　녹색 이파리들이, 흰 구름과 검은 전깃줄이, 흐린 하늘
이 있었다. 개 짖는 소리와 새 지저귀는 소리가 들렸다.

　밖으로 나가려고, 열었다. 머리를 열고 다리를 열고 어
깨를 열고 마음을 열고 열었다. 열었다. 열었다. 열었다.
열었다.

　여는 동안 시간은 몹시 느리게 흘렀다. 멈춘 것처럼.
한 점에서 숨죽이고 있었다.

낙엽들의 방

오늘은 낙엽을 쓸기로 한다. 낙엽 쓰는 일은 내가 좋아하는 일. 쓱, 싹싹 소리도 좋아. 규칙이 생겨난다는 듯이. 나와 빗자루와

바람이 낙엽들을 구석으로 몰고 갔다. 모인 낙엽들을 큰 삽으로 떠서 낙엽들의 방으로 나르는 일. 이상하다.

이렇게 낙엽이 많다. 이렇게 잎들이 달려 있었다.

낙엽 하나에 하루의 태양.
낙엽 하나에 여름의 하루와 하루.
여름들을 큰 삽으로 가득 떠서 낙엽들의 방으로 나른다. 쓰러진 여름들과 갈색이 된 여름들을.

낙엽 하나에 비와 한숨.
바람이 여름나무에 불어넣은 숨. 여름나무가 들이마신 숨.

그때 나무의 손톱 끝. 손톱을 기르는 마음. 더 멀리 뻗

으려는 나무의 취향. 나무의 생각 없는 의지.

그때 나무에서 잎까지 이어져 있던 실. 실과 실의 지도. 나무의 지도. 의지에 따라 잎과 나무가 함께 그려나간 지도.

그리고 나무와 잎은 서로 문을 닫았다. 문을 닫는 나무와,
닫히는 문을 닫히도록 내버려두는 낙엽.

낙엽에 깃든 것들을 삽으로 떠서 낙엽들의 방으로 나른다. 낙엽은 무겁지 않다.

삽을 들고 가는 동안 낙엽이 바람에 나풀거리며 땅으로 떨어진다. 두 번 떨어지는 낙엽들.

낙엽들. 삽. 낙엽. 삽. 발. 낙엽삽. 나. 낙엽삽. 발. 나겹. 발. 나. 발. 겹. 낙엽은 무겁지 않다. 나의 발은 무거워졌다. 낙엽을 낙엽들의 방에 쌓아두고.

나는 겨울로 걸어갔다.

III

돌고래라니

매끄럽고 보드라운 검정

돌고래들이 교복을 입고. 매끄러운 돌고래들이 헤엄을 쳤다. 몸통 옆에 지느러미를. 가지런히. 붙이고. 가지런히. 보랏빛 바닷속을 헤엄치는 검정. 매끄럽고 보드라운 검정. 목에 검정 나비를 달았다. 타이가 아니야, 진짜 나비야. 날개가 파닥거려요. 얼마나 매끄러운 검정. 얼마나 보드라운 검정. 검정 날개. 나비가 나를 떠나 나풀거리며 물 밖으로 날아갈 것 같아요. 시계가 멈췄어. 물속이니까. 그만 시계를 버리렴. 이건 잠수 시계인걸요. 해저 304미터까지 가능하대요. 까르륵까르륵 돌고래들이 운다. 아니야 웃는다. 아니야 노래를. 검정 노래를. 매끄럽고 보드라운 검정 노래를. 바다 밖에 들릴까요. 노래는. 검정. 울음은. 검정. 붉은 석류 알들이 하나하나 검정. 검정으로. 시계에서 모래알이 떨어진다. 떨어진다. 매끄럽고 보드라운 검정. 검정들. 그만 올라오렴. 우리는 시계를 믿어요. 더 깊이 내려가면 시계가 움직일지도 몰라요. 시계에겐 깊이가 모자란 거예요. 이렇게 헤엄쳐서. 더 깊이. 우리는 더 깊이 매끄럽고 보드라운 검정이니까. 더 매끄럽고 보드라운 검정을 향해.

돌고래라니

돌고래는 어디로 갔을까. 이렇게 시작하려고 했습니다. 아이들과 죽은 자들,이라고 쓰지 못하고 돌고래라고, 물고기라고 씁니다.

돌고래가, 그렇지, 돌고래라고 부르는 것이 무슨 소용이람.

그들은 죽었고. 그때. 같이 죽은 것들.
숨소리와
콧노래와
웃음소리와
풍선을 불던 분홍빛 입술.

돌고래라니.
죽은 자들이라고, 사라졌다고. 그들이 죽으면서 우리도 죽었다고.
써야겠지만.

이 말은 또 무슨 소용이람.

저를 믿지 마십시오. 잊지 않겠다는, 저의 말은 거짓말입니다. 이제 나를 믿을 수 없습니다. 우리를 믿지 못합니다. 모든 단단한 것들을 부서지게 하는 햇빛이

쏟아지고

쏟아지고

쏟아질 테니. 우리가 쓴 글자들은 바래서 아무도 읽을 수 없게 희미해질 것인데.

그렇지 않다면 저런 일이 일어나고,

저런 일이 일어나고,

또 일어나고,

이렇게

조용할 수가 없습니다.

딱딱하고 차가울 수가 없습니다.

따뜻한 말이 세상에 하나도 없습니다. 입을 열면 얼음

이 쏟아집니다. 다짐도 눈물도 얼어붙어서

    .

    .

    .

  참

조용하군요.

음 소거된 재난영화처럼

소리가 들리지 않는군요.

    .

    .

    .

  그렇게

우리가 잊었을 때. 4월 16일이 무슨 기념일이었더라?

그렇게 봄이 오고

죽은 나무에 연두 잎이 새로 돋아나듯이.

우느라고 잠시 멈춘

새로운 거짓말을 다시 시작하고,

이 정도면 괜찮지 않을까. 다들 그러니까.

나를 속이고. 옳지 않지만 봐주자. 우리 편이니까. 우리 편은 약하니까. 그렇게

계절을 반복하면서.

우리 망해버리자.

어제 같은 내일이 계속되고 있을 때.

그렇게 검은 세상에서도 움직이고 있습니다.

검고

매끄럽고

음악처럼 움직입니다. 저것은.

돌고래인가 봅니다. 미안합니다. 또 돌고래라서. 어쩌면 좋지. 아직도

그들은 헤엄치고 있어요. 돌고래들이 되어서

검은 바다에서 검은 하늘로 뛰어오르며

돌고래들의 검음
돌고래들의 자유

이곳을
교실이 없어진 학교와
책상이 사라진 사무실을
이사를 간 가족의 새집을
친구들과 가족의 둘레를 휘감으며
돌고래들의 웃음
돌고래들의 노래

잊은 사람들의 검은 머리통 위를 헤엄치며.
우리가 들이마시고 내쉬는 검은 공기를 흔들며.
주둥이로 우리 어깨를 쿡쿡 두드리며.

무서운 순간에도 믿고 서로 염려하고 미안함과 사랑을
나누던 말들.
쿡쿡 두드리며.
가장 깊은 곳에는 보드라운 말들이 있어요. 돌고래들

이 되어서
쿡쿡 두드리며.

사람들아, 아기 돌고래를 키워볼래?
가장 깊은 곳에서 자라는 보드라운 돌고래를.
마음 안쪽을 쿡쿡 두드리며 헤엄치는.

저는 앞으로도 약속을 하지 못할 것 같습니다. 말하지
않고.
꾸룩 꾸욱 돌고래들의 말을 배워서
듣고, 헤엄칠 것입니다.

돌고래들을 보면서 조금씩.
천천히.
아주 조금씩. 돌고래가 되어갈 것입니다.

.

.

.

하지만 돌고래라니.

　이 시가 마음에 듭니까. 돌고래들이 아름답습니까. 그
들에 대해 아름답게 쓴 시가 나는 마음에 들지 않습니다.

　너무 아름다워졌다고, 돌고래들은 슬퍼할 것입니다.
아직은 아니에요, 쿡쿡 두드리는

　돌고래들을, 시에서 풀어줄 것입니다.

　이 시를 찢어야겠습니다.

내일에서 돌아온다

집이었지. 정거장이 아니었지만. 기차가 달려와 이곳에 섰다. 문이 열렸고. 회색 가방을 던져놓고 기차는 떠났네.

집의 지하는 정거장이 되었다. 회색 가방 때문에 집은 다시는 집이 되지 못하지.

플랫폼에서 아이가 물었다. 저 기차는 어디로 가나요?

대답을 해야겠지. 묻는 이가 있다면. 모르겠다면. 미안하다고 말해야겠지.

아이에게 회색 가방을 주었다. 너는 여기서 기다리렴. 기차를 타고 싶을 때 타렴. 미안하다. 그 가방은 너보다 큰데.

사람들이 가방에서 꾸역꾸역 쏟아져 나왔다. 여기가 어디인가요? 묻는 사람들은 가득하고 대답하는 사람은 없다. 답을 듣지 못한 사람들이 하나씩 사라졌고 신발만 남았다.

  기차는 언제 또 오나요? 당신은 어디로 가나요?

  회색 가방을 가진 아이가 사라지지 않도록. 미안하다
고 말한다, 나는 계단을 올라간다. 지상의 집으로 간다.

  기차는 내일에서 돌아온다. 철로가 없어서. 날아서 돌
아온다. 두고 간 것이 있어서. 무서워서 돌아온다.

  알 수 없는 얼굴들이 기차 안에 가득하다고 말하고 싶
지만, 미안하다. 기차 안은 비어 있다.

IV
#문단_내_성폭력

참고문헌 없음*

거리,

소리 내어 말하면 회색 길이 나타난다. 나는 회색 보도 블록 위를 걷는다. 거리,

라고 다시 말하면, 사람이 서 있다. 나는 사람과 사람 사이의 공간을 본다.

내가 원하지 않을 때 좁혀지는 거리, 나는 위협을 느끼고 거리 밖으로 달려 나간다.

거리,

사건과 사건 사이의 거리. 길고 긴 시간이었다가 공백 이었다가 무덤이었다가 엉켜서 똘똘 뭉친 털실 뭉치였다가 사라지는, 남아 있는, 사건과 일상 사이의 거리.

사건과 인지 사이의 거리,

인지와 발화 사이의 거리,

그 거리에 대해서,

나는 없던 입이고, 지워진 입이고, 처음 생겨난 입이고, 더듬거리는 입이고, 소리치는 입이고, 지금은 독백을 중얼거리는 입이다.

나는 잘못하지 않았다. 나는 잘못한 것이 아니다. 내가 잘못한 것이 아니다.

발화 이후

저 문장은 어디로 가야 하지. 누구에게 닿는 것이지. 공기 속으로 흩어지나. 햇빛에 증발할 건가. 다시 내 몸속으로 들어와야 하나.

저 문장은 어딘가로 가서 완성되어야 한다. 그것이

저 문장을 들은 사람들이 할 일.

지금은 독백이 공허하게 울리며, 독백에 독백이 더해지는 중이다.

* 이민경, 『우리에겐 언어가 필요하다』, 봄알람, 2016, p. 181에서 "참고문헌 없음"이라는 문구를 차용함.

단일한 겨울

아침은 춥다 오늘은 춥다 어제도 추웠지

내일은 서리가 내렸지 서리 내릴 때가 좋았네 낮은 높
고 이른 아침은 희게 깔렸고
계절은 섞이는 내일
내일이 좋았지

단일한 겨울이 끝났다
단일한 겨울이 부서져서 하얀 알갱이
흰 가루가 들판에 내렸다
햇빛이 흰 가루를 정성껏 덮는다

하얀 입김을 뿜어내자마자
눈앞에서 얼어버리는 추위가 있다고 한다

내가 뱉은 말이 공기 속에서 하얀 글자로 얼어붙어버
렸다
희고 차가운 글자를 읽었고
만졌고

그래야겠네

북쪽보다 더 먼
극지보다 더 먼
검고 파란 공기가 딱딱하게
얼굴에 부딪히는 곳을
마지막 망명지로 적어둔다

망명지

부엌에서 베란다로 나갔다 북쪽이다 흙이 가만히 있고
마른다 흙이 흐르고 북쪽이다
서늘하고 시원하고 춥고
중심보다

우리는 원형으로 모여 있다 안을 보고 눈을 마주쳤다
가 고개를 숙였다 등이 추웠다
등을 돌려 바깥을 보고 눈을 감았다 등이 따뜻해졌다

펭귄들이 둘러서서 추위를 넘어간다

우리는 뒤뚱뒤뚱 걷다가 넘어졌다

넘어지는 건
어제도 넘어졌던 것
그때도 넘어졌던 것

넘어지다 보면 나는 배가 이렇게 차갑다

넘어지려고 일어나는 것인지
일어나려고 넘어지는 것인지

등을 돌리고 달리고 있었다

엄마 캥거루
캥캥 주머니에 넣어둔다고
제가 안 자랄까요

뛰어내렸습니다

걷는다
빛났다

걸었습니다 무엇이?라고 묻지 않을 것입니다 왼발을
보며 오른발을, 오른발을 보며 왼발을, 번갈아서 보고 있
습니다 누가?라고 묻지 않고

걷는 일
걷는다는 생각 없이
걷는 일

빛났다
가끔
빛나는 걸 까먹지 않고 빛나는 것이 있구나
그럴 때
웃는 것은 잊지 않았다

열었다

손가락
흰콩

부등식

딱따구리
나무를 쪼는 소리가 들리면 좋겠어

손가락과 흰콩

시를 쓰고 있다 약속을 했고
태양이 시간으로 펄쩍 건너갔으므로
크고 긴 철제 아치 다리 밑에
그늘진 벌레들처럼
검은 글자들을 적고 단어들을 적고 모으고
있다

너무 많은 단어들을 잃어버렸다
아름답구나
라는 말은 더는 못 쓸 것 같다/이런 말
이상하구나/이런 말

몸이 출렁이는 물주머니가 된 것 같다
달릴 때는 모르지 (달린다)
글을 쓰려고 하면
물컵이 넘친 것처럼 물이 쏟아진다

쏟아지지 않으려면 주문처럼 뜻 없이
손가락과 흰콩

젓가락과 손톱

어제의 시가 죽고
그 자리에 오늘의 시가 씌어지고 다시 죽고
그런 것이 아니다

정말 죽은 것 같다

움직이고 생각하고
움직이고 말하고

비유를 보면 머릿속이 투명해지던 때가 있었다 몸 안
에 흰 피가 퍼졌다
빗방울이 맺힌 흰 거미줄을 보는
그런 날은 다시 돌아오지 못한다

다 죽었으니
해 지기 전의 저녁을 기다린다
나는 그곳으로 갈 거야

나는 다른 사람이 된 것 같다 주머니에 구멍이 나서
열쇠를 잃어버린 아이처럼

약속

사과나무가 있다 사과는 열리지 않았지만 사과나무의
약속처럼 있다

사과꽃이 보였다 사과꽃 향기가 났다 사과꽃이 아직
피지 않았지만

나는 기억한다 사과꽃의 색, 사과꽃의 향기, 사과의 형태

사과나무가 꽃이 없이 사과도 없이 죽을 수도 있어

그럴 수도 있는 사과나무 옆에

붉은 벽돌집이 있지 사과를 기다리는 동안

사과꽃이 손을 흔들며 떨어지고

바람이 불기 시작한다

내가 죽을 수도 있어

물이 들어오기 시작한다

어느 날은 물도 공기도 수평선도 흰색이라서

여기저기 수평선을 그어보았다

홀과 힐
──참고문헌 없음 1

힐은 공기 사이에 떠 있었다 검은 바람이 불었고 불타는 소리가
들렸다 힐은 얼굴에 검댕이 묻은 채 홀에게 어디 있는지 물었고 홀
이 괜찮은지 손을 뻗었다 왜 불길이 꺼지지 않을까 뜨거운데 왜 추
울까 힐의 마음은 왜 꺼내면 부서질까 힐은 말을 믿지 않는데 말은
칼날이 되었고 불길을 피워 올렸고

시간은 그때

힐은 시간이 보이지 않은 적이 없었는데

시간은 뜨거운 홍수처럼 흘러넘쳤다
힐의 입은 뜨거운 시간 속에서 벙긋거렸다 시간 밖이
없었고

물이 빠지면
흘러가던 힐은 어디에 발을 딛게 될까 몸에 더러운 잔
해를 걸치고
그리고 묻게 될까
그래도 질문을 하게 될까

더러운 풀과 스티로폼과 플라스틱이 있는 곳에서
홀과 힐은 풍경을 보다가
잠이 들었다

기온이 올라갔다 햇빛이 노란색이 되었고 올해 태어난
벌레가 나타났다
        돌아와서 보면
강아지들은 힐의 다리를 베고 잠들어 있다
머리와 앞발로 힐의 다리를 꾹 누르고

아무도 믿지 마라
젊은 홀에게 이런 말을 하다가 온 힐은

먼지가 많아서 눈이 잘 보이지 않는다
하루가
격자 모양 쓰디쓴 초콜릿처럼 툭툭 부러져나갔다

쳇, 절뚝
─참고문헌 없음 2

고양이를 키워야겠어요 아무도 믿지 않는 고양이
쳇, 또 죽다니
발톱을 남기고

동굴 속에는 언제 들어왔는지
제가 생각했던 곳은 아니네요, 쳇, 역시
소리들이 휘몰아친다
나갈 곳이 없는 소리들이 질주하고 부딪히면서
소리들의 몸통이 두꺼워지는 동안

어떤 단어도 흰빛을 띠지 않았다

돌멩이, 절뚝, 발톱, 돌멩이, 이빨, 절뚝,

목책
풀 뜯는 얼룩소
동굴 돌벽을 머리로 들이박고 돌을 들추고
풀과 물

돌무더기에서 돌멩이를 주워 돌벽에 던지고
돌 떨어지는 소리
돌이 돌과 부딪히는 소리

뛰지도 않았는데 숨이 가쁘다

말에 아무 힘이 없으면 좋겠지
말이 입 밖으로 나오면 눈앞에서 후두둑 떨어졌으면
좋겠다
말이 종이에 적히면 꼬물거리며 희미해지면 좋겠다

오래 키워왔던
부드럽고 힘없는 식물이 죽고

물을 준다
물뿌리개를 손에 들고
내일도 물을 주겠지 쳇, 소용없이 물을

나의 식물은 죽었지만

너의 검은 머리칼에 물을

초록색 향기와
색채의 기억이 땅에 남아 있을 때
땅을 묵묵히 보고 있는 너의 머리칼은
검고 길구나

나는 물을 주고
쳇, 아무도 믿지 않는 고양이가 되어야겠다

#문단_내_성폭력
──2016년 10월 ~ 2017년 11월

　강아지들은 자주 사라졌다. 네 개의 발, 푹신한 발바닥, 까만 코와 붉은 혓바닥이 같이 사라졌다. 갑자기 내 앞에 나타날 때마다, 너희들, 어디 갔었어. 강아지들은 매일 꿈속을 달렸겠지만. 매일 나를 쳐다봤겠지만.

　좋아하던 시를 읽을 수 없었다. 시를 쓰는 사람과 시를 쓰는 마음에 대한 믿음이 부서졌다. 어떤 비유도 더 이상 아름답지 않았다.

　잠과 식사가 사라졌다. 나는 잠을 잤고 먹었겠지만.
　입이 사라졌다. 무엇을 말해야 할지, 말할 수 있을지 알 수 없었다.

　집이 가라앉고 있었다.

　파티가 끝난 잔해를 하녀들이 치우는 날이 있었다. 주인님들의 영혼이 잠드셨으므로. 돌아온 주인님들은 무엇이 치워졌는지 알지 못했다.

사람들은 아프거나 다치거나 지쳤다.

그만둘 수 있다고 생각하지 않았다. 그만둘 수 없다고
도 생각하지 않았다. 빗자루를 들고 서 있다가 낙엽이 떨
어지면 낙엽을 쓸었다.

모두 잠든 세상에서 빗자루질을 하는 밤이 있었다. 검
은 우주에 혼자 떠 있는 돌이 된 기분이었다. 이렇게 떠
있을 수는 없겠구나, 돌은 잠이 들었다. 백 년의 잠이 눈
처럼 내려앉겠지. 빗자루질 소리가 희미하게 들리는 아
침이 있었다. 나는 일어나 빗자루를 넘겨받고 그 사람에
게 잠을 권했다.

친구라는 단어를 쓰지 못하게 되었다. 사람들은 말을
귀 기울여 듣지 않았고 친구 편을 들었다.

말이 말일 뿐인 글을 읽지 못하게 되었다. 말의 힘을
알고 있는 사람들은 많았다. 타인에게 말을 던지는 사람
들도 많았다. 자신에게 말을 던지는 사람은 있겠지만 보

이지 않았다.

말의 건축은 오늘도 견고하게 진행되었다. 건축물은 조화롭고 튼튼하며 안에 들어가면 안전하고 따뜻하다고 믿게 된다. 건축물 지반은 튼튼한가요. 무너질 건축물을 짓는 게 문학이라 하니 지반에는 관심이 없나요.

작가에겐 마감이 닥치니까, 마감과 마감과 마감으로 한 달이 가고 1년이 가고 평생이 가고, 생활고를 이겨내고 종이 뭉치 책을 남겨두고 만족하며 죽을 것이다.

좋은 시를 쓰고 싶다는 생각이 사라졌다. 좋은 시를 써도 좋은 사람이 되지 않는 좋은 시란 무엇일까. 좋은 사람이 되겠다는 다짐이 사라졌다.

열두 번 상담사를 찾아갔다. 글은 쓰지 않으시나요? 저는 시를 못 읽겠고 시를 쓰고 싶지도 않습니다.

멀리 있는 사람들은 여전히 멀리 있고, 가까운 사람들

은 입을 닫고 있다.

걷고 있는 사람들은 어디에 도착할지 모른다. 앞서 길을 간 사람들은 사라졌고 그 이야기는 전해지지 않았다.

해 질 무렵 아무 생각 없이 운전을 해서 다른 도시로 갔다. 가을이었고 햇빛에 강물이 반짝였다. 슬프지 않았고 아무렇지도 않았다.

조용해졌다.

시를쓰고싶구나

그리고 이 글을 썼다. 이 글이 시인지 문학인지 이제 중요하지 않다. 오늘 아침에 현미를 섞은 밥을 먹었다, 아침 약을 먹었다,고 적는다. 강아지들이 자는 걸 바라보았다,고 적는다. 집이 조금 또렷해진다.

우유를 어느 컵에 담아 마실까.

단어의 삶

검은콩 두유. 검은 커피. 검은 연필. 오전 10시 반.

적다. 노트를 펴다. 햇볕 뜨겁다.

콘크리트 벽과 바닥은 물기를 품었다가 뿜어낸다. 집이 축축하다. 적는다.

단어를. 나도 모르게. 스쳤던 단어를.

머릿속을 둥글게 돌아다니던 단어를.

둥근 공간을 휘젓고, 가로지르고, 질주하던 단어를.

아래부터 높이까지 뛰어오르던, 풀썩 떨어지던 단어를.

투명한 낚싯줄을. 모르던 낚싯줄이 하얗게 보이고.

줄의 탱탱한 탄성이 손으로 만진 듯 느껴질 때. 들릴 때.

적는다. 단어를.

단어의 가는 머리칼을.

단어의 긴 꼬리를.

단어의 까칠한 표면을. 같이 적는다.

단어의 둥근 입을.

단어의 하얀 이빨을.

단어의 복잡한 냄새를.

나는 단어로 된 몸입니다.

단어의 지직거리는 소음을.

단어에서 불어 나오는 바람을.

단어로 들어가 어두워진 저녁을.

밤의 냄새를.

단어가 뛰놀던 공간을.

단어가 달려가던 다리를.

단어가 밟은 마음을.

같이 적는다. 단어로 적는다.

그리고 단어를 지운다.

무슨 소리가 날까요. 무슨 냄새가 날까요.

무엇이 보일까요.

나는 단어가 되어 죽고.

나의 육체가 흩어지듯이 단어도 사라지길 원합니다.

단어에게 인사하던 각도와

단어를 초대하던 종이의 무게가.

단어가 사라진 자리에. 떠돌다가.

이어지다가.

태도만 남는

형식을 향해.

단어를 적습니다.

크래커처럼

창문은 처음부터 그랬던 것처럼 열려 있었고.

40일 동안 비가 내렸지. 전화를 걸고 메시지를 보내는
동안
어두운 방에서
강아지는 베개처럼 불평 없이 자고 있고.

메일함은 수북해져서 저장용량이 부족합니다 경고가
뜬다.

창밖에 나뭇가지처럼 목이 긴 사람이 지나가고. (아는
사람인가?)
내 방을 기웃 들여다보며 또 한 사람이 지나가고.
창밖을 지나가던 사람이 보지도 않고 내 방에 꽃을 버
린다.

시든 꽃이 마른 꽃이 되어 침대에 쌓이는 동안

나는 메일을 휴지통에 버리고 책을 버리고 관계를 버

리고
   시간을 버린다.

   잠든 강아지를 깨워 강아지와 함께
   작은 시간들의 세계로.

   비가 그친 검은 아스팔트에는
   사람들이 밟고 간 나의 시간들이
   부서진 크래커처럼 흩어져 있다.

캐비닛 시간표

약속을 지키기 점점 어려워졌다. 지키려는 마음은 있어
작년에는 팔꿈치를 팔았고 올해는 목뼈 하나를 팔았다.

여름의 태양처럼 아름다웠던
시는 연못에 떨어져 연못을 덮고 썩어갔다.
시를 읽고 읽던 시간들은
목소리와 함께 어두운 연못에 가라앉았다.

믿을 수 없는 사람들의 수가
흰 머리카락처럼 늘어갔다.
목록에서 이름들을 지워나갔다.

흰 마스크를 쓰고 웅얼거렸다.
어제도 서로 못 알아들었고 내일도 그럴 테지.

지각하지 않고 등교하는 연습을 할 거야.
칸트처럼 시간표를 지키는 것.

나로부터 저 캐비닛까지 2백40 걸음.

걸음이 끝나고 내 손이 캐비닛에 닿지 않아도
2백40 걸음 걷기.
부은 눈을 비비며 아침 9시부터 걷기.

어두워지면 잠들 곳을 찾아
숲속의 집으로 돌아오기.

피하고 또 피해도 다가오던 어둠이 내 옆을 스치고 뒤
로 달려갔다 바람처럼.

밤과 밤

노란 은행잎은 올 가을에도 노란 은행잎이 되어 나타
났다
더운 여름은 더 더운 여름이 되어 올 것이다

두 개의 달의 거리는 무엇으로 구성되는지
보려고 했지만 보이지 않았습니다

집과 창은 보이는 사각형
뒤로 달아나는 긴 햇살

자작나무 숲은 견고한 스트라이프
비의 끝은 이파리로

녹슨 철제 사다리는 오래된 소리
밤에는 불빛보다 많은 공기와 나

어디에 서 있나요
밤과 밤 사이에

달려가려고 서 있다
나는 밤의 얼룩

밤의 재료를 만지는 손
밤에게 묻는 말

밤은 어떻게 찢어졌다가
너의 등을 감추며 다시 밤이 되는지

보이기도 하지만 사라질 것이다

일어나려고 누웠다
잠 위에 잠
잠 아래에 잠

언제 죽어도 이상하지 않은 나이가 되었다

부분과 연결

공무원들이 연극을 하고 있다
저 말은 대사예요 진실이 아니라고요
라고 말하려고 연극 속으로 들어갔다

나는 아니에요 연극을 깨러 무대에 뛰어들었어요,라는
대사를 외치며
나도 연극이 되었다

나는 돌의 몸이 되었다가
까마귀처럼 울었다가
희미한 경고음이었다가

분노라는 이름이 붙은
침묵이 되었다

그리그를 들었다 음의 길이가 질서 있게 배열되어
머릿속에 가로세로 선이 그어지며
정돈이 되었다 아, 시원해
그리그와 그리드

보이지 않는 사각형

새로운 질서가
힘의 새로운 배열이 필요함

늦은 낮잠에 들었다
바람 소리에 깨어 꿈을 나오는 나에게

꿈 안에서 삼각형이 외쳤다
저는 방향이 제일 어렵습니다

늦은 태풍이 지나갔다
나무의 인사는
부러진 나뭇가지와 열매

열매는 햇살과 바람을 담고
떨어져 뒹굴었다

손에서 손으로

붉고 작고 단단한 안부가 필요함